KB183433

한국 희곡 명작선 172

페인 킬러 Pain Killer
-2인극-

한국 희곡 명작선 172

페인 킬러(Pain Killer)

−2인극−

위기훈

평민사

위기훈

페인 킬러 (Pain Killer)

등장인물

남녀 배우 2인이 다음 역할에 임한다.

창부	18세.	女
대학생	23세.	男
주부	41세.	女
부장	48세.	男
여직원	28세.	女
기자	36세.	男
탤런트	32세.	女
국회의원	59세.	男
소녀가장	15세.	女
예술가	29세.	男

무대

간단한 도구나 상징적인 장치로 공간을 구분한다.

제1장.	賣春街
제2장.	커피숍
제3장.	안방
제4장.	호텔 룸
제5장.	자취방
제6장.	호텔 룸
제7장.	호텔 룸
제8장.	호텔 룸
제9장.	공원 벤치
제10장.	賣春街

음악

Bach – 두 대의 하프시코드를 위한 협주곡. bwv 1060,
전 악장.

작가 발문

120년 동안 진화한 공허, 자기파괴에 머물지 않는다.

이 작품은 총 10개의 장으로 이루어진다. 창부와 대학생이 등장하는 1장을 시작으로 대학생과 주부, 주부와 그녀의 남편, 남편과 부하 여직원, 여직원과 기자, 기자와 탤런트, 탤런트와 국회의원, 의원과 소녀가장, 소녀가장과 예술가, 예술가와 1장의 창부로 이루어진 10개의 장, 10개의 성적 관계를 방류하고 가둔다.

이 같은 구조는 120년 전의 희곡작품에서 차용한 것이다. 오스트리아의 극작가이자 소설가인 "아르투어 슈니츨러"의 〈윤무 Reigen〉라는 희곡에서 가져온 것인데, 꼬리에 꼬리를 물고 이어지는 성적 관계는 '소 데카메론'이라 불리며 1897년 당대에 파문을 일으킨 혁신이었다.

인물들을 순환 구조로 묶어 연결감을 부여하는 구조의 매력은 현재까지 유효하다. 사회 안에서 우리 삶도 똑같다. 코로나19 팬데믹으로 재확인하는 현실은 때로는 알면서, 때로는 모르게 연결되고 이어진 인간사회를 명확하게 드러내고 있다.

19세기와 21세기의 차이만큼 희곡 〈페인 킬러 Pain Killer〉의 구체적인 인물과 상황, 관계는 전혀 다른 설정으로 전개된다. 인물들은 저마다 상처를 갖고 있다. 내면화 된 상처는 정체성의 일면이며 결핍으로 드러난다. 고독감을 견디지 못하는 불안이 타인과의 관계를 강요하며 집착한다. 매개인 섹스는 오직 욕망 해소로만 기능한다. 고통이나 외로움을 잊으려고 스스로를 내몬다. 수많은 타인과 맺는 수많은 관계. 뒤틀린 관계는 애초 목적과는 다르게 허무를 증폭시킨다. 증폭된 공허는 또 다른 충동으로 자신을 파괴한다. 불통과 소외, 기만은 사회 계급을 망라하여 연결되어 있고, 떠도는 현대인들의 욕망은 관계의 본질을 마비시킨다.

고통을 죽이는 자라는 의미의 Pain Killer와 '진통제' 중에서 굳이 제목을 영문으로 선택한 이유도 여기에 있다. 진통제의 鎭(진)은 진정시킨다, 진압한다는 의미로 Pain Killer의 Killer보다 완화된 의미를 가진다. Killer는 이미 끝없이 고통을 죽여 온 결과이나 진통제의 鎭(진)은 고통을 누그러뜨리는 정도로 이 역시 과정에 놓여있는 뉘앙스가 강하다.

현재 우리나라 곳곳에서 목격되는 충동살해, 분노조절장애 관련 범죄 역시 이 마비와 무관하지 않을 것이다. 이는 과정이 아닌 결과로 보아야 한다. 수많은 뿌리 없는 관계는 역설적으로 단 하나의 관계도 없음을 의미한다. 그 허무의 결과가 이렇게 잔혹할 수 있는 면면에 주목하였다.

1장. 賣春街

텅 빈 매춘 거리에 반쯤 열린 새시 문.
창부가 나무젓가락을 든 채 나온다.

창부   (소리친다) 라면 안 먹을 거야? (두리번) 진짜 안 먹을 거
냐구! (혼잣말로) 금방 어디로 사라진 거야?

눈치 보며 들어서는 대학생. 그를 보고도 시큰둥한 창부, 돌아
서는데,

대학생   저기!
창부   왜?
대학생   나 몰라?
창부   이따가 다시 와.
대학생   잠깐이면 돼.
창부   라면 끓어. (돌아선다)
대학생   (다급하게) 나! 병… 걸렸었어.
창부   (안쪽을 향해) 실장님!
대학생   따지러 온 거 아냐.
창부   그럼?
대학생   나, 기억 안 나? 넉 달 전 너한테 처음,

9

창부   총각딱지 떼 준 애들 한둘 아냐.

대학생   자랑이냐?

창부   미친 놈.

창부, 이마를 짚는다. 대학생 주머니에서 얼른 돈을 꺼내 내
민다.

대학생   여기 돈! … 머리 아파?

창부   응. 근데 너, 병 있다며?

대학생   너한테 옮은 거야. 지금은 다 나았지만.

창부   (돈 받는다) 여기서 기다릴래?

창부, 들어가서 이내 옷소매로 라면 냄비를 들고 나온다.

대학생   혼자 기다려도 되는데….

창부   혼자 먹는 게 싫어, 내가.

대학생   바꿨어? 이름. 바꾼댔잖아.

창부   먹을래?

젓가락을 부러뜨려 반을 내미는 창부. 둘은 함께 라면을 먹
는다.

대학생   미래였지? 니 이름.

창부	기억난다, 너. 그때 미래가 없다며 울었지, 아마.
대학생	눈물이 그냥 나온 거야.
창부	남자가 흘리지 말아야 할 것은 눈물뿐이 아니랜다.
대학생	멋있다.
창부	남자 화장실 소변기 앞에 써있던데?
대학생	너한텐 일이지만 그날은 내 생일이었어.
창부	최소한 1년에 한번은 날 생각하겠네.
대학생	내 입에 들어간 네 속눈썹도. 유리 상자 안에 뒤집혀 있던 거북이도.
창부	아, 우리 이쁜이? 그리고?
대학생	미래. 잊을 수 없는 추억이야.
창부	(피식) 추억을 생각하면 떠오르는 이름, 미래.

창부, 젓가락을 놓고 일어난다.

대학생	어디 가?
창부	이빨 닦으러.
대학생	키스도 해주려구?
창부	미쳤니?
대학생	입술이 무슨 순결이야? 유치해.
창부	어른 되려면 멀었다.
대학생	되고 싶지도 않아.
창부	입술이 다가 아니야. 나는 입술이지만 머리칼을 못

만지게 하는 애도 있고, 할 때 꼭 양말을 신는 애두
있어.

대학생 그게 뭐야?

창부 일종의 룰이야.

대학생 룰을 깨면 어떻게 되는데?

창부 그야, … 그냥 깨지는 거지.

대학생 그게 무슨 룰이야?

창부 룰이야. 지키려고 하니까. (대학생의 사타구니를 만지려 하며) 섰어?

대학생 변태냐? 아무 때나 서게.

창부 한번 하는 게 소원 아니야?

대학생 소원은 아니야. 그냥 욕망이야.

창부 욕망으로 사는 거래.

대학생 네 직업이나 그렇지.

창부 (거슬린다) 그럼 뭘루 살아?

대학생 글쎄, 돈? 추억? 흔히들 그러잖아.

창부 돈도, 추억도 욕망이야.

대학생 아무래도 좋아.

창부 아까는 나를 평생 잊을 수 없다며.

대학생 그건 처음으로 내가 너한테 총각딱지를,

창부 추억은 욕망이야.

대학생 좋아. 그렇다고 해두자. 안 할 거야?

창부 그렇다고 해두자?

대학생	보구 싶었어. 보구 싶어 죽는 줄 알았다니까.
창부	하구 싶어 죽는 줄 알았겠지.
대학생	그래, 하구 싶어 죽는 줄 알았어.
창부	오늘 못하면 죽을 거야?
대학생	어쩌면.
창부	생존을 위해 온 거구나?
대학생	생존?
창부	그래, 생존.
대학생	라면이라도 먹어야 사는 게 생존이지.
창부	맛있잖아. 난 라면 먹구 싶어 먹는데?
대학생	내 말은 그런 뜻이 아니고, 그러니까 생존이란,
창부	그것두 욕망이야. 추억은 욕망이고, 욕망은 생존이야.
대학생	알았어. 네 말이 옳아.

창부, 돈을 돌려주려 한다.

대학생	갑자기 왜 이래?
창부	너, 내가 몸 판다구 무시하는 거지?
대학생	내가 언제 널 무시했다고 그래.
창부	대학교수가 한 말이면 그런 말투로 그렇게 '옳아!' 했겠어? 비열한 애랑은 해도 비겁한 애랑은 안 해.
대학생	미래야.
창부	똑바로 말해봐. 욕망이 생존이야, 아니야?

대학생   인정! 하구 싶어 미치겠어. 아니, 이러다 죽겠다.

창부   (유심히 대학생을 쳐다보다) 그것 봐. 1분 있다가 들어와.
살려줄게.

창부, 퇴장.
대학생, 홀로 서성이다 문득 손바닥을 입에 대어 자신의 입 냄
새를 맡는다.

2장. 커피숍

대학생, 커피숍 의자에 혼자 앉아 휴대전화로 통화를 하고
있다.

대학생   (폰을 고쳐든다) 등지지 말구, 오른쪽. … 그럼 등지고
왼쪽을 봐요. 보이죠?

주부, 들어선다. 두리번거리다 통화버튼을 누르고, 대학생이
든 폰의 벨이 울리자, 그 앞에 와 앉는다.

주부   안녕. 나, '양파'.

대학생   아, 네. 전 '속눈썹'이에요.

주부   작아 보이는데, 거짓말했구나?

대학생	정말 백칠십오에요. … 그러는 양파님은 삼십오, 이 십육, 삼십오에요?
주부	(웃는) 아니면? 가게?
대학생	내가 마음에 안 들어요?
주부	아니 맘에 들어.
대학생	번개 경험이 많은가 봐요?
주부	세 번째. 속눈썹님은?
대학생	처음이에요.
주부	정말? (웃는) 혹시 그럼 그것두?
대학생	그, 그건 선수라니까요.
주부	(웃는) 누구랑 그렇게 했는데?
대학생	몇 명 있어요.
주부	속눈썹님 나이엔 몇 명이 아니라 몇 번이 관건 아 닌가?
대학생	양파님 나이엔 몇 번이 아니라 몇 명이 관건인가요?
주부	글쎄, 어쨌든 그런 건 전부 껍질이니까.
대학생	무슨 말인지 모르겠어요.
주부	인생 뭐 있나, 필 가는 데로 사는 거지.
대학생	사는 게 껍질이라는 말인가요?
주부	내 아이디가 양파잖아. 껍질이 전부인.
대학생	아, 양파… 이제 어쩔까요?
주부	어쩌긴, 해야지. 장소를 옮기기 전에 여기서 하기로 한 거 있지 않았나?

대학생, 오른쪽 발의 신발과 양말을 벗고, 발목을 돌리며 준비
운동을 한다.
주부는 치마를 무릎 위까지 걷고는 두 다리를 벌린다.
대학생, 신발 위에 맨발을 올려놓고 주저한다.

주부　　난 준비 됐어. … 왜? 남들이 볼까봐?
대학생　　남들 보라구 하는 거잖아요.
주부　　그런데 왜 안 해?
대학생　　마음의 준비를 하는 거예요.
주부　　발은 닦았어?
대학생　　4번.
주부　　좋아, 시작해.

대학생, 오른발을 주부의 두 다리 사이로 뻗는다.
주부, 대학생의 오른발을 느끼며 주변을 의식한다.

주부　　거기 아니야. … 그래, 거기.

주부는 눈을 감고 주먹 쥔 양손에 힘을 주며 낮은 신음을 토
한다.

주부　　눈치 챈 사람들 있어?
대학생　　네. 옆 테이블, 여자와 남자. 그중 여자가 알아챘어요.

주부	나이는?
대학생	이십대 후반쯤. 기가 막혀 했는데 지금은 얼굴이 빨개졌어요.
주부	천천히….
대학생	(천천히 말한다) 남자가 하는 얘기를,
주부	말을 천천히 하라는 게 아니라,
대학생	남자 얘기는 건성으로 듣고 자꾸 우리를 쳐다봐요.
주부	그래, 살살….
대학생	(옆을 흘낏) 여자가 남자한테 얘기를 했나 봐요. 남자는 화가 난 거 같애요.
주부	겁나?
대학생	그만 할까요?
주부	그만 하고 싶어?
대학생	남자가 노골적으로 쳐다봐요.
주부	조금만 더.
대학생	이쯤에서 그만 하는 게 좋겠어요.

대학생, 뻗었던 오른발을 내리고, 양말과 신발을 신는다.

대학생	어때요? 생각했던 것 그대로에요?
주부	훨씬 더 짜릿했어.
대학생	… 딸이 있댔죠?
주부	응, 하나.

대학생	나이는요?
주부	아홉 살. 그런데도 어찌나 다른 사람을 배려하는지. 이뻐.
대학생	남의 마음을 안다는 거예요?
주부	세심한 것까지.
대학생	의심이 많겠네요.
주부	어째서?
대학생	의심 없이 남의 마음을 알 수는 없죠.
주부	그렇다면 착한 의심이 많은 거야.
대학생	착한 의심?
주부	의심도 여러 종류니까.
대학생	어떻게 구분하죠?
주부	입장.
대학생	입장?
주부	그래, 입장. 내 딸은 어려서 사람을 미워할 줄 모르니까 착한 의심인 거지.
대학생	그럼 양파님은 착하지 않은 의심이 있어요?
주부	응. 그럴 거야. 입장이 그러니까. 살수록 복잡해지니까.
대학생	복잡해지는 거랑 입장이랑 무슨 상관이죠?
주부	복잡해지면 고려 사항이 많아져.
대학생	분명하게 입장을 취하기 어렵다는 말이에요?
주부	그래, 그거야.

대학생	질문 하나 해도 될까요?
주부	무슨 질문?
대학생	추억은 욕망이고, 욕망은 생존이다. … 맞다고 생각해요?
주부	리포트 주제야?
대학생	아뇨.
주부	추억은 욕망?
대학생	욕망은 생존.
주부	어렵다. 어쨌든 추억이란 없어. 특히 여자들한텐.
대학생	여자들한테는 추억이 없다뇨?
주부	추억은 남자야. 옛날 남자는 기억조차 안 남아. 현재 내 남자뿐이지.
대학생	그럼 현재 양파님한테는 저만 있는 건가요?
주부	(웃는) 발장난을 남자라고 할 수는 없지. … 아까 노골적으로 화를 냈다는 남자가 저기 저 사람이야?
대학생	(객석을 쳐다본다) 네. 근데 여자가 어디 가고 없네요.
주부	그래서 물은 거야.
대학생	장소를 옮길까요?

지갑에서 돈을 꺼내 대학생에게 준다.

주부	약속대로 찻값은 속눈썹님이, 방값은 내가.
대학생	여기서 기다릴 거예요?

주부	먼저 가서 방 잡고 전화 줘. (객석을 쳐다보며) 이럴 줄 알았어.
대학생	(주부의 시선이 닿는 곳을 보고) 뭐가요?
주부	저 남자. 태도가 바뀔 줄 알았다구.
대학생	태도가 바뀌다뇨?
주부	여자가 없잖아.
대학생	작업이라도 들어올 거란 말인가요?
주부	물론. 아까는 여자랑 같이 있었지만, 지금은 혼자니까. 입장이 다르니까.
대학생	입장이라는 거, 아주 편리한 거군요.
주부	난 입장에 충실해.
대학생	저 남자가 작업 들어오면 응할 건가요?
주부	오늘은 속눈썹님과 약속을 했잖아. 그러니까 걱정하지 마. (폰 시계를 본다) 시간 없어. 어서 가.

대학생, 퇴장하자, 주부는 폰의 단축버튼을 누른다.

| 주부 | (통화) 일찍 들어올 거죠? |

주부, 통화하는 중에 옆 테이블의 남자가 있을 법한 방향의 객석을 의식하며 태도를 요염하게 바꾼다.

(통화) 일 때문에 늦는 건 괜찮은데, 전화라도 좀 미리

미리 해요.

주부, 통화를 끊는다. 그리고는 옆 테이블의 남자를 의식, 눈을 마주치는 듯 하더니 순간 다리를 쫙 벌린다.

3장. 안방

주부, 들어와 핸드백을 침대 위에 던지고, 투피스 웃옷을 아무렇게나 벗어 놓고, 한쪽에 놓여있는 전신 거울을 보며 혼잣말을 한다.

주부 좋은 시절 다 갔다.

부장, 화장실에서 신문을 들고 안경을 쓴 채 나온다. 바지는 화장실 앞에 벗겨져 있다.

부장 뭔 소리야?

주부는 부장의 목소리에 놀란다.

주부 아니 여보. 웬일이에요?
부장 애는?

주부	학교 갔지. 회사에 있을 시간에 웬일이냐구?
부장	굶길까봐.
주부	굶는 거 안 무섭네.

주부는 침대에 걸터앉는다. 부장, 옆에 앉아 주부를 끌어안는다.

주부	아니 갑자기 왜이래요?
부장	우리 둘뿐이잖아.
주부	(부장 손을 뿌리친다) 징그러.
부장	피곤한 사람 붙잡고 상반기를 넘겼다고 성화 할 땐 언제고.
주부	내가 구걸이라도 했다는 거야?
부장	이렇게 좀 해봐. 나 빨리 나가봐야 해.
주부	더워 죽겠는데 끈끈하게 왜 이래.

주부가 부장의 손길을 뿌리치는 바람에 부장이 넘어진다.
화가 난 부장은 주부를 수상쩍은 듯 쳐다본다.

| 부장 | 어디서 뭔 짓을 하고 왔길래 이래? |
| 주부 | 뭔 짓을 하다니! |

부장이 주부의 팬티 앞쪽을 만지자 주부는 화를 내며 뿌리

친다.

주부 　무슨 짓이야?

부장 　젖었었잖아!

주부 　(기가 막혀) 이이 좀 봐! 도대체 뭐가 젖었다고 난리야?

부장 　지금 젖은 게 아니라 젖었었다고!

주부 　명이 아빠!

부장 　말해! 어디서 뭐하다 왔어?

주부 　하긴 뭘 하다 와!

부장 　좋은 시절 다갔다 구시렁대는 거 이상하다 했더니,

주부 　여자한테는 냉이라는 것도 있고,

부장 　있고, 또? 바른대로 말 못해! 억울하면 어디 갔었는지 말을 해!

주부 　오줌 누다 흘렸다, 왜! 그러는 당신은 이런 거 어디서 배웠어?

부장, 의아해 한다.

주부 　당신, 바람 펴? … 아직도 만나?

부장 　헛짓거리는 지가 해놓구!

주부 　(부장을 뚫어지게 쳐다보는) 헛짓거리 하고 온 거 알려면 팬티 검사하라고 그년이 그래?

부장 　내가 바람 피면 미쳤다고 당신한테 하자 그래?

주부	도둑이 제 발 저린다 했어.
부장	남편 요구 거절하는 거, 마누라 직무유기야.
주부	당신은 그런 말 할 자격 없어.
부장	내가 왜 자격이 없어? 누구 때문에 먹고 사는데?
주부	먹고 사는 게 전부야?
부장	그럼 뭐가 전부야?
주부	결혼 전에 뭐랬어? (부장 흉내) 내 거짓이 진실이 될 때까지 믿어줘, 제발.
부장	그 말이 뭐가 어때서?
주부	행복하게 해주겠단 약속은 아직 지켜지지 않았으니 거짓이다. 그 거짓이 진실이 될 때까지 믿어 달라, 그런 뜻이 아니었어?
부장	근데?
주부	그 행복이 이거냐? 돈 번다 유세 떨구, 마누라 얼굴에 뻥끼칠 했다고 팬티 검사 하는 게 행복이야?
부장	이 여편네가!
주부	할 말 없으면 (흉내) 이 여편네가! 이 여편네가!
부장	그만 해!
주부	나한테 넌덜머리 낼 거 없어. 나는 당신 거울이야.
부장	제발 그만 좀 해!
주부	마누라는 남편이 언제고 일을 볼 수 있도록 좌변기처럼 가만히 있어야 해?
부장	(소리친다) 조용!

부장이 때릴 듯이 손을 치켜들자 주부는 부장을 노려본다.
잠시 후 부장은 침대에 걸터앉으며 한숨을 쉬고, 일어난다.

주부   어디 가?

부장   회사.

주부   불이나 꺼.

부장   또?

주부   그럼 불도 안 끄고 할래?

부장   결혼하고 나서 나한테 선물 할 거라고는 불 키고 하
          는 거밖에 없다며?

주부   그래서 불 키고 한 적이 없어?

부장   어쩌다 한번?

주부   맨날 받으면 그게 무슨 선물이야? 머리 아프다고
          진통제 자꾸 먹으면 나중엔 안 듣는 거 몰라? 마찬
          가지야.

부장   불 키지 않으면 안 해.

주부   관둬, 그럼.

부장   끄구 하다가 중간에 켜, 그럼.

주부   자꾸 불 켜구 하니까 바람이 나는 거야.

부장   억지 부리지 마 아무 상관도 없는 거 갖구.

주부   왜 상관없어? 가뜩이나 마누라라고 신비감 없어 요
          꼴인데.

부장   그런다구 없는 신비감이 생기냐?

주부   그러니 더더욱 꺼야지. 불까지 맨날 켜면 어쩌라구!
부장   알았어, 알았어. 그럼 꺼.
주부   당신이 꺼.

부장, 불을 끈다. 잠시 후, 폰의 알람벨이 울린다.

부장   뭐야?

주부, 일어나 불을 켜고, 옷을 입는다.

부장   무슨 전화냐구?
주부   알람이야. 명이 학교 끝날 때 됐다구 알려주는 알람!
부장   좀만 있다가.

주부, 뒤에서 끌어안는 부장을 밀쳐낸다.

주부   좋은 남편 못되겠으면 좋은 아빠라도 해야 할 거
        아냐.
부장   그래서 동생 만들어주겠다는 거잖아.

주부, 핸드백과 자동차 키를 들고 나간다.

부장   여보! 명이 엄마! 야! … 이 여편네야!

부장, 옷을 대충 주워 입고 뒤따라 나간다.

4장. 호텔 룸

부장, 폰으로 통화하며 침대에 누워있다.

부장   (폰에 대고) 일이 끝나야 들어가지.
주부   (목소리만) 일 때문에 늦는 건 괜찮은데, 전화라도 좀 미리미리 해요.
부장   알았어. 집이야?

부장, 말하는 중간에 전화 끊긴음이 들린다.
부장, 폰을 끄는데, 양복 다른 포켓에 든 또 다른 폰에 벨이 울린다.

부장   (폰에 대고) 어서 오지 않구, 왜?

부장, 전화를 끊고 문의 잠금장치를 풀어둔다.
이때 여직원이 재빠르게 들어와 문을 잠그고 창문 밖의 동태를 살핀다.

여직원   김대리가 쫓아온 거 같아서요.

부장   눈치 챈 거 아냐?

여직원은 코트를 벗어 걸어둔다. 속에 입은 유니폼이 드러
난다.

부장   난 샤워했어.
여직원   남자들은 좋겠어요. 여자들은 목욕하면 티가 금방
          나는데….
부장   아, 오늘이 평일이지.

여직원, 멍하니 침대에 걸터앉는다.

부장   왜 그래? … 안 내켜?

부장, 여직원 어깨를 한쪽 팔로 감싸 안는다.

부장   2명이라고 했지? 이제까지 사귀었던 사람.
여직원   질투하는 거예요?
부장   질투는 무슨. 연애를 많이 할수록 능력 있는 사람이
          되는 거야.

부장, 여직원의 몸을 더듬으며 키스하려 한다.

여직원 유니폼부터 벗구.

부장 입은 채로 하자.

여직원 구겨지잖아.

부장 알았어요. 알았으니까 벗지 마.

여직원 안 하게?

부장 조금 있다가 하자구.

여직원 그럼 지금은?

부장, 여직원의 목덜미에 키스를 퍼붓는다. 그리고는 이내 여직원의 머리를 잡아 오럴섹스를 시키기 위해 아래로 내리려고 한다.

이때부터 오럴섹스를 시키려는 부장과 안 하려는 여직원 사이, 미묘한 신경전이 시작된다. 그러나 이와 같은 신경전과는 달리 둘의 대화는 계속 진행된다. 또한 여직원은 부장에게 존댓말과 반말을 교묘하게 섞어가며 쓴다.

부장 잘 들어봐. (하면서 여직원의 머리를 아래로 내린다) 누구나 사랑하는 사람을 닮고 싶어지잖아.

여직원 (다시 머리 들어 올려 똑바로 앉으며) 그게 사랑이니까.

부장 그래, 근데 단점을 닮고 싶은 사람은 없잖아.

여직원 장점을 보는 게 사랑의 시작이니까.

부장 (여직원 머리를 또다시 아래로) 사랑하는 사람의 장점을 흉내내게 되잖아.

여직원 (머리를 들어올린다) 시간이 지나면 단점도 보일 텐데?

부장 (여직원 머리를 아래로) 그 순간 사랑은 끝나잖아.

여직원 (깨닫는다) 아! … 그래서 요즘엔 사랑도 사랑이 아니래.

부장 암튼 그래서 사랑했던 사람들의 장점은 모조리 배우게 된다는 얘기지.

여직원 이론적으로나 그렇죠. 실제는 틀려.

여직원이 오럴섹스를 하지 않으려는 것에 이미 화가 나 있다.

부장 (큰소리로) 틀리다니?

여직원 내가 사귄 남자들은 회사에서 다들 인정받던 사람들인데, 나는 아니잖아.

부장 남자랑 여자랑은 틀리지.

여직원 아까는 장점은 배우게 된다면서?

부장 (손목시계 보며) 점심시간 다 끝나가네.

여직원 살짝 씻고 나올게.

부장 아니, 시간 없으니까,

부장은 다시 앉아 여직원을 잡아당긴다. 그리고는 기회를 봐서 여직원의 머리를 잡아 자신의 하체로 내리려 한다.
여직원은 하는 수 없다는 듯이 부장의 바지를 벗긴다.

부장 회사에서 인정받는 방법은 따로 있어. 애인한테 배우는 게 아냐.

여직원 (고개 든다) 그게 뭔데요?

부장 다른 직원들을 위해서 미스 김 책상에 간식거리 갖다놓지 마.

여직원 언제는 사무실에 먹을 것도 하나 없냐구 했잖아.

부장 먹을 게 있으면 다른 직원들이 잠깐씩 들러 잡담을 하고 가게 되잖아.

여직원 하루 종일 심심한 거 보다야 낫지 뭐.

부장 (은근슬쩍 다시 여직원의 머리를 강제로 내린다) 그런 거 준비해 놓는 사람을 파워 막강한 사람이라 생각하는 사람 없어. 그래서 미스 김한테 하찮은 일이나 부탁하는 거야.

여직원 (발끈해서 부장의 바지를 벗기던 행동을 멈추고 일어선다) 뭐야? 그러니까 지금까지 내가 한 일이 하찮은 일이었다는 거야?

부장 (여직원 손목을 잡는다) 아니, 이를테면 그렇단 얘기지. 이를테면,

여직원 (손목 잡힌 채 버티며) 지금 얘기한 것만 지키면 돼?

부장 응? … 아니 몇 개 더 있어. 오늘 아침 회의 때 뭐랬지?

여직원 월경월차?

부장 말투를 말하는 거야. 월경월차를 점진적으로라도 지키면 어떨까요? 했잖아.

여직원 그게 뭐?

부장	질문조로 말하지 말라 이거야.
여직원	질문조가 어때서?
부장	노골적이다, 독단적이라는 소리는 안 듣고 자기 생각, 어필하려던 거 아는데,
여직원	그래야 하는 거잖아.
부장	질문조, 능력 없어 뵈고, 자기 아이디어라는 생색이 안 나. 무조건 고쳐.
여직원	또 있어요? (부장을 쳐다본다) 끝이에요?
부장	더 있는데, 나머지는 나중에 얘기해 줄게.
여직원	그럼 불 꺼요.
부장	아이참, 불은 왜 꺼? 시간 없다니까.

부장, 다시 여직원을 잡아 오럴 섹스를 시키려고 한다.
여직원은 움직이지 않고 부장을 서운한 듯 쳐다본다.

부장	왜 그래?
여직원	나는 자기한테 뭐야?
부장	뭐라니? 당연히 사랑스런 애인이고,
여직원	애인이고?
부장	마, 마지막 여자지.
여직원	근데 왜 할 생각은 않고 맨날,
부장	(말을 끊는다) 지금 무슨 소리를 하려는 거야?
여직원	몰라서 물어? 하지는 않고 맨날 그것만 시키려니까

그러지.

부장 아니 듣는 사람 민망하게 그렇게 노골적으로 말하면 어떻게 해?

여직원 아까는 노골적으로 말해도 괜찮다며?

부장 그거야 일할 때 얘기고.

여직원 일할 때는 애인처럼, 둘만 있을 땐 부장님으로 대해 달라며?

부장 아니, 미스 김. 내가 언제? 그리고 맨날이라니? 그렇게 말하면 나 서운해.

여직원 나야말로 서운해. 맨날 미스 김! 미스 김! 대리는 언제 달아?

부장, 손목시계를 보고는 옷을 입는다.

부장 오후에 인사 회의 있다니까, 기다려 봐요.

여직원 그렇게 바쁜데 뭐 하러 불렀어?

부장 보고 싶으니까 불렀지.

여직원 사무실에서 허구한 날 보면서.

부장 (시계 보며) 내가 심부름 보냈다고 할 테니까 30분쯤 여기 있다가 와.

여직원 몰라! 나 오늘 땡땡이 칠 거야.

여직원, 속상한 듯 이불을 뒤집어쓴다.

33

부장, 퇴장하자, 여직원 다시 일어나 모텔 룸 한쪽 구석에 있는 소형 냉장고에서 하드를 꺼내 빨아먹으며 라디오를 켠다.

무대는 천천히 암전되고, 어두운 가운데 라디오 방송이 들려온다.

DJ (男)   선풍적인 인기를 끌고 있는 가요계의 디바, 진통제와 엽기라는 주제로 만나고 있습니다.

진통제(女)   (웃는다) 제가 진짜 엽기적인 사연 하나 찾았어요.

DJ (男)   읽어주시죠.

진통제(女)   그럴까요? (보고 읽는다) 회사 경리로 입사한 지 4개월째 되던 어느 날이었어요. 부장이라는 작자와 단둘이 사무실에서 야근을 하고 있는데, 부장이 제 옆으로 다가오는 거예요. 그러더니 갑자기 제 허벅지에 손을 올렸어요. 놀란 저는 볼펜을 들어 손등을 찍었죠. 어느새 손을 피했고 볼펜은 제 허벅지에 박혔죠. 그 상처는 지금도 선명해요. 한때 나의 애인이기도 했던 사이지만 엽기적이라 안 웃을 수 없는 추억이랍니다.

5장. 자취방

여직원, 종이에 글을 적고 있다.

여직원   (쓰면서 읽는다) 생각할 때마다 화가 나지만 엽기적이라 안 웃을 수 없는 추억이랍니다.

여직원은 글을 다 쓰고는 곱게 접어 편지봉투에 넣고, 이를 핸드백에 넣는다.

이때 방문이 열리고 기자가 들어선다.

여직원   얘기 좀 해.

기자   나가.

여직원   이렇게 끝낼 수는 없어.

기자   그만 나가 주세요, 미스 김.

여직원   몇 번을 말해. 나는 완전히 잊었다니까.

기자   아니, 너는 절대 잊지 않았어.

여직원   이상하다 할 만큼 기억이 안 난다구!

기자   기억도 못하는 (비꼬듯) 그분이랑 나를 비교해?

여직원   무슨 비교를 했다고 그래?

기자   심지어 그 새끼처럼 되라고 강요하기까지 했어, 넌.

여직원   내가 언제?

기자   넌 그 새끼한테 길들여진 거야.

여직원   미쳤어!

기자   너 때문이야.

여직원   나 만나기 전에 사귄 사람이 없어?

기자   왜 없어? 나도 많아! 가영이, 나영이, 희영이, 자영이,

소영이,

여직원   그래도 난, 만나는 동안에는 한 사람한테만 충실했어.

기자   충실했다고 하면 다 되는 줄 알아?

여직원   니가 뭔데 내 추억까지 욕을 해?

기자   그래서 그 새끼한테 쓴 카드할부 지금까지 갚는 거야?

여직원   이제는 없어.

기자   내가 갚아줬으니까.

여직원   개새끼, 아니 그보다도 못한 놈!

기자   그래, 이제야 본성이 드러나는군.

여직원   끝이야.

여직원, 나가려 하자, 기자가 붙잡는다.

여직원   왜?

기자   열쇠는 주고 가야지.

여직원이 방 열쇠를 핸드백에서 꺼낸다.
이때 기자의 폰 벨이 울린다.

기자   (폰 받는) 네, 편집장님. 지금 쓰고 있습니다. … 네. (전화 끊는다)

여직원   우리 제품 기사 안 실렸던데? … 실어주기로 했잖아.

기자   그건 우리 사이가 좋을 때 얘기지.

여직원   치사한 자식. 일에 개인감정까지 끌어들이다니.

기자   니가 사적인 사이에 업무를 끌어들인 거야.

여직원   우리가 어떻게 만났는지 몰라?

기자   왜 몰라! 홍보실 여직원과 신제품 담당 기자!

여직원   이제 정말 끝이야.

기자   (기막혀 하며 째려본다) 내, 분명히 말하는데, 나를 만났다고 해서 나 때문에 그 성격 변하지 말어.

여직원   니가 나한테 무슨 영향이라도 끼쳤는 줄 알아?

기자   그래. 그러니까 변하지 말고 그 성격 그대로 살라구.

여직원   변명 많고, 마지막 순간에 계획 취소하고, 내 약점 툭하면 들추고, 딱 너 같은 인간이면 헤어지는 게 나아.

기자   넌? 그러는 넌? 뭐? 3초 만에 나한테 반했다고?

여직원   니가 3초 만에 싸는 놈인 줄 몰랐으니까.

기자   이게 말이면 다 말인 줄 알아?

여직원   뚫린 입으로 뭔 말은 못해?

기자   그래. 그렇게 살어.

여직원   잘 있어라, 이 양아치야.

여직원, 나가려 한다.

기자, 흥분해서 마치 종교인이 설파하듯 말한다.

기자   빨리 사랑에 빠지는 사람은 그만큼 빨리 떠날 수 있다. 한번 떠난 사람은 또 떠날 수 있다. 정리해라.
몰라?

여직원　개자식. 여자의 아픈 과거나 트집 잡는 개자식!

기자　과거는 그 사람의 미래다. 과거가 복잡한 사람을 변
화시킬 수 있다는 믿음으로 시간낭비 말라.

여직원　끝이야! 평생 혼자 살 새끼.

기자　혼자되는 게 두렵고 가치 없는 이성에게 매달리지
말라. 결혼해도 혼자다.

여직원　(울먹인다) 적어도 너한테만큼은 내가 특별할 줄 알
았어.

기자　집착과 사랑을 구분하라! 집착은 인생의 낭비이며,
중독일 뿐. 오랜 시간 몽상에 빠지거나 울면서 보낸
다면 사랑을 하는 게 아닐지니! 집착에 빠진 자여,
깨어나라!

여직원　너 같은 놈 또 만난 거, 다 내 잘못이다. 내 잘못이야.

기자　왠 줄 알아? 니가 늘 잘못된 신호를 보내기 때문이야!

여직원　그래! 고통이나 불안에 떠는 거, 사랑이 아니야. 이제
야 그걸 알았어!

기자　그거야말로 자기 학대지!

여직원, 기자의 따귀를 때린다.
기자가 손으로 얼굴을 감싸면 여직원은 발로 기자의 배를 걷
어찬다. 그리고는 이내 기자의 머리를 잡고 무릎으로 얼굴을

찍는다.

여직원의 완력이 훨씬 강하다.

코피를 흘리는 기자, 난폭해져서 여직원을 때릴 듯한다.

여직원도 질세라 기자를 째려본다.

둘은 이내 태도를 바꿔 다급하게 옷을 벗으며 서로 끌어안는다.

어두운 가운데, 기자와 여직원의 신음 소리가 들려온다.

6장. 호텔 룸

어두운 가운데 남녀의 신음 소리가 더욱 절정을 향해 달려간다. 그 끝에서 소리 멈춘다.

잠시 후, 무대 밝아지면, 남자가 혼자 침대에 누워 담배를 피운다.

욕실에서 샤워하는 소리, 들린다.

기자   (욕실을 향해) 안 받아주겠지?

물소리 그치고, 욕실에서 탤런트의 목소리가 들린다.

탤런트   (목소리만) 뭐라구?

기자   돌아갈 수 없겠지?

탤런트   (목소리만) 당신, 참 대단하다.

기자, 담배를 끈다. 탤런트, 욕실에서 수건을 두르고 나온다.

탤런트   돌아간다니? 그 여자가 집이야? 그리고 남자가 그러
          는 거 아냐.
기자   알아, 매달리지 말아야 한다는 거.
탤런트   그게 아니라, 나한테 다른 여자 얘기하는 거!
기자   그러는 넌 남자가 나 하나야?
탤런트   언제부터 그런 거 신경 썼다고 그래?

기자, 탤런트를 빤히 쳐다본다.
탤런트는 화장대 앞에 앉아 화장을 시작한다.

기자   그러니까 너도 내가 어쩌든 신경 끊어.
탤런트   돈, 일찍 알면 인생이 쉬워진다 했던 건 당신이야.
기자   그런 말, 한 적 없어.
탤런트   누구나 무엇인가를 팔면서 산다며?
기자   기억 안 나.
탤런트   물건을 팔거나 서비스를 팔거나, 음식을 팔거나, 노
          동력을 팔거나, 나처럼 탁월한 연기력, 즉 재주를 팔
          거나.
기자   넌 니 얼굴을 파는 거고.

기자, 침대 옆에 놓인 신문을 집어 탤런트한테 준다.

탤런트, 신문을 받아 핸드백이 놓인 테이블에 놓는다. 그녀의
화장이 점차 화려하고 진해진다.

탤런트   여자 나이 20대에 속물이 되어야 30대에 고단하지
         않은 법이야.

기자   20대 속물이면, 30대에 괴물 되겠다.

탤런트   20대에는 남자 고를 때 돈을 얼마나 버는가보다 사
         랑 타령이 전부잖아. 하지만 30대가 되면 사랑이고
         뭐고 현실이 먼저거든.

기자   여자들 그제서 철드는 거지.

기자, 일어나 테이블에 앉는다.

탤런트   속물 되는 게 철드는 거야.

기자   속물이 되어야 비로소 사람 구실을 한다는 건가?

탤런트   비슷한데 뉘앙스가 달라.

기자   뭐가 다른데?

탤런트   내 말뜻은, 음, 정상적인 사람이 되는 거야.

기자   정상적인 사람?

탤런트   누구나 속물이 돼서 살고, 속물이 돼야 나도 그 누구
         나 속에 속하는 거니까.

기자   누구나… 가 정상이다? 정상이라는 것에서 벗어나는

건 싫다?

탤런트 싫다가 아니라 두렵다지. 그래서 다수에 속해 있다는 기분이 아늑한 거니까.

기자 그러다 속물 됐다고 떳떳해 하는 거 아냐?

탤런트 남자들은 이미 그러고 있어. 여자들이 뒤늦게 배우는 중이지.

기자 여자가 아니라 너겠지. 네가 이제 배우는 중이겠지.

탤런트 여자라고 바람 안 피우는 줄 알아? 남자랑 똑같애. 남자는 매번 들키지만, 여자는 두 번 안 들켜.

기자 오호, 그래?

탤런트 여자가 바람을 피울 땐 원칙이 생겨, 경험에 의한.

기자 그 원칙이 뭔데?

탤런트 직장동료나 집 근처 5킬로 반경 안의 남자와는 바람 피우지 말 것.

기자 그거야 기본이지.

탤런트 3개월 이상 만나지 말 것. 정 드니까, 집착하게 되니까. 이름을 기억하지도, 부르지도 말고 무조건 자기라고 할 것.

기자 오호!

탤런트 바람피우는 건 친한 친구라도 말하지 말 것. 사랑한다고 말하지 말 것. 남편 흉도 절대 보지 말 것.

기자 그건 왜?

탤런트 남편 흉보는 여자, 좋아할 수 있겠어?

기자　그런 정도는 남자들도 다 해.

탤런트　그렇겠지. 하지만 이건 모를 걸? … 바람피우는 상대한테 무엇인가 한 가지는 반드시 배울 것. 애인이나 부인에 대한 불만 같은 거. 잘 배우고 남편한테는 그렇게 하지 말 것. 아울러 내가 바람피울 수 있는 것은 돈 잘 버는 정말 고마운 남편이 있기 때문이라는 걸 잊지 말고 항상 선물을 준비할 때에도 남편 선물을 더 좋은 것으로, 바람남 거는 한 단계, 아니 두 단계 낮은 것으로 할 것.

기자　그렇게까지 하면서 왜 바람을 피우는데?

탤런트　그게 가장 중요한 거야. 바람피우는 목적과 이유를 명확히 할 것.

기자　오로지 섹스야?

탤런트　섹스가 그렇게 단순할까? 20대에는 다른 남자에 대한 호기심, 30대에는 성적 불만족 해소. 4,50대는 외로움 아니면 습관성이겠지.

기자　결혼도 안 한 여자가 어떻게 그리 잘 알아?

탤런트　결혼은 안 했지만 살아는 봤으니까.

　　　　기자, 테이블 위에 놓인 신문을 집어 비행기를 접는다.

　　　　탤런트, 화장을 마치고 일어나 몸에 두른 수건을 벗고 옷을 입는다.

탤런트   그거, 내 기사 썼다고 보여주려던 거 아니었어?

기자   어차피 읽지도 않잖아.

기자, 신문으로 접은 비행기를 창밖으로 날린다.

탤런트   어차피 매니저가 다 스크랩하니까.

기자, 나머지 신문을 전부 비행기로 접는다.

기자   여자들, 진짜 사악하다.

기자, 신문으로 접은 비행기 서너 개를 창밖으로 모두 날려 보낸다.

탤런트   남자들이 사악한 거야. … 신이 자신의 모습을 본 따 만든 건 남자가 아니야.

기자   우린 진화한 거야.

탤런트   남자들 온갖 나쁜 짓은 다 하잖아. 그게 신이 악마를 본 따 만들어서 그래.

기자   오스트랄로피테쿠스, 호모 사피엔스, 인간은 진화한 거야.

탤런트   믿기 싫겠지. 당신도 남자니까.

기자   신이 자기처럼 만든 게 여자다? 애 낳는 것도 창조

다, 뭐 그런 진부한 얘기라면 그만둬.

기자, 옷을 입는다.

기자 악마도 윤리적이야.

탤런트 윤리적인 남자들과 자봐서 알아. 따분하지.

기자 결혼하겠다고 했던 건, 너잖아. … 커피?

탤런트 (고개를 끄덕이고) 신이 악마와 결혼함으로써 합의하겠다는 거지.

기자, 커피를 탄다.

기자 그럼 너랑 나는 무슨 관계지?

탤런트 거래?

기자 그뿐이야?

탤런트 더 있다면, 양심 없는 쾌락 정도?

기자 어디서 듣던 말인데….

기자, 탤런트 앞에 커피를 놓는다.

탤런트 간디가 예언한 일곱 가지 사회악, 몰라?

기자 우리가 졸지에 사회악이 됐군.

탤런트 우리뿐이겠어? 원칙 없는 국회의원 분들도 그렇고,

노동 없는 재벌들도 그렇고,

기자   인격 없는 선생,

탤런트   도 그렇고.

기자   도덕 없는 장사꾼,

탤런트   인간성 없는 과학자,

기자   희생 없는 목사

탤런트   그리고… 양심 없는 쾌락주의자, 우리.

기자   일류대학 출신 여배우라 다르군.

탤런트   유학파 기자한테 당할까?

둘, 웃는다.

기자   근데 진짜 그 늙은이랑은 하지는 않고 빨기만 해?

탤런트   가끔 하기도 하지, 왜?

기자   아니, 그냥 궁금해서.

탤런트   어차피 성인군자, 포기하고 사는 거니까.

기자   그래, 지금은 썩어문드러진 인간이라도 죽기 직전에 불 속에 뛰어들어 노인과 아이를 구하면 돼. 그러면 성스러워지는 거니까. 간단하잖아.

탤런트   그래, 그러자구. 죽기 전에 노인과 아이를 구하고 죽자고.

기자   가자.

탤런트   먼저 가. 매니저 오려면 시간 좀 걸려.

기자, 가려는데, 탤런트, 기자의 품에 안겨 키스하려 한다.

기자, 키스를 피하고, 탤런트의 뺨에 뽀뽀하고 나간다.

혼자 남은 탤런트, 야릇한 표정으로 담배를 피워 문다.

한 모금 깊게 빨아 길게 내어 뿜는다.

텔레비전을 트는데, 브라운관 속에서 탤런트가 나와 미친 듯 깔깔 웃는 모습이 방송된다.

7장. 호텔 룸

어두컴컴한 호텔 방.

무대 중앙 뒤쪽에 탤런트, 무릎을 꿇고 등이 객석 쪽으로 향한 채 고개를 숙이고 무엇인가를 하고 있다.

고개를 위아래로 숙였다가 올렸다가 하는 것이 마치 국회의원에게 오럴섹스를 해주고 있는 것 같다. 그러나 국회의원의 모습은 보이지 않는다.

국회의원은 어둠에 가려져 있는 듯 보이기도 한다.

국회의원 (목소리만) 에, … 모처럼 한가한 시간이라 티브이를 켰는데, 세계수영선수권 대회를 하더구만. 근데 이 수영선수들 유니폼이 말이야, 민망해서 말이야, 엉덩이 쪽은 전부 다 드러낸 꼴이, … 수영뿐만이 아니야. 배구든 농구든, 축구든 여자들 종목은 죄다… 말

세야. 세상이 어떻게 되려고, 스포츠를 말이야, … 원래 엉덩이란, 복종의 의미가 강한 부위란 말이지. 짐승들도 강자 앞에선 꼬리를 내리잖아. 싸움에서 졌다고 생각되면 뒤를 보이는 것도 그러한 연유고. 그런데 승패가 나기도 전에 서로한테 엉덩이를 그렇게 보이다니 말이야. 이 엉덩이란 게 말이야, 신체 부위 가운데 가장 하위에 속하는 부위란 말이야. 그래서 우리 선조들은 어른 앞에 엉덩이를 보이는 걸 버릇없는 짓으로 여겼어요. 해서 밥상을 내갈 때도 뒷걸음질로 물러서야 하는 걸 당연시 해왔단 말이야. 어디 그 뿐이야? 끼 많은 여인을 두고 "꼬리를 친다"는 말도 역시 엉덩이를 실룩거리는 모습에서 나온 거란 말이야. 그런데 스포츠를 하면서,

탤런트, 갑자기 올라오는 구역질을 참으며 돌아서 무릎으로 무대 앞에까지 나온다.
객석 앞에서 구토를 하는 탤런트.
국회의원, 어둠 속에서 바지춤을 챙겨 입으며 천천히 걸어 나온다.

국회의원 이런 생각을 하는 내가 확실히 구세대는 구세대지?
탤런트 (입가를 닦으며 일어난다) 미안. 갑자기 목구멍으로 넘어가려구 해서.

국회의원 무슨 맛이야?

탤런트 그걸 어떻게 설명해? 궁금하면 자기도 맛 봐.

국회의원 어허, 거 못하는 말이 없구만.

탤런트 (깔깔 웃는) 장난이야, 장난!

국회의원 (근엄하게 말 돌리는) 나이가 들면 말이야, 달콤새콤한 것보다는 쓴맛을 즐기지. 이 쓴맛을 즐긴다는 건, 본능을 정복하는 거랄까.

이때 국회의원, 코피를 흘린다.

탤런트 자기야. 코피 나.

국회의원 (놀란다) 어? 그래? (고개를 뒤로 젖히고 쩔쩔매며) 의자! 의자! 어허, 나 어서 앉아야 한단 말이야!

탤런트, 의자를 갖다가 국회의원 엉덩이 뒤에 놔준다.

탤런트 아니 힘은 내가 썼는데, 왜 코피는 자기가 흘린데?

국회의원 따뜻한 물 좀 주시게.

탤런트, 욕실로 가서 컵에 물을 받아다 준다.
국회의원은 손수건을 적시기 위해 컵에 담근다.

국회의원 앗, 뜨거! … 이게 따뜻한 물이야? 뜨거운 물이지!

탤런트	조금 있으면 따뜻해져.
국회의원	그러면 조금 있다가 주던가.
탤런트	빨리 달라며?
국회의원	그러면 뜨겁다고 말을 하던가.

탤런트, 토라진 듯 욕실로 들어간다.

국회의원   내가 요즘 격무에 시달렸더니, 나잇값을 못하고 예
민해졌어요. 이해하구료.

탤런트, 언제 기분 나쁜 일이라도 있었냐는 듯 욕실에서 칫솔
질을 하며 고개를 내민다.
국회의원은 콧구멍을 휴지로 틀어막는다. 그 바람에 코맹맹이
소리로 말을 한다.

탤런트	뭐라구?
국회의원	피곤하다고.
탤런트	그래도 뭐 몸싸움만 잘하던 걸?
국회의원	금배지 단 놈들, 정치는 안하고 대드니까 그런 거지.
탤런트	자기가 그래도 그 중 어린 축에 들지 않나?
국회의원	나이가 중요한가, 정신이 중요하지.
탤런트	자기는 정신만큼은 20대라며?
국회의원	지금 내가 말하는 정신은 그 정신이 아니지.

탤런트　그러면?

국회의원　… 음, … 뭐 그런 게 지금 중요한 건 아니니까.

탤런트　그럼 뭐가 중요한데?

국회의원　(분위기 잡으며 점잖게) 당신이 내 곁에 있잖소.

　　　탤런트, 국회의원이 콧구멍을 휴지로 틀어막은 모습을 보고 특
　　　유의 소리로 웃는다.

탤런트　역시 우린 닮았어.

국회의원　어떤 점이?

탤런트　나도 지금 생리 중이거든.

　　　국회의원, 탤런트의 말을 알아듣지 못한다.
　　　탤런트가 국회의원 콧구멍에 쑤셔 넣은 휴지를 가리키며 웃자,
　　　그제야 알아듣는다.

국회의원　난 또….

탤런트　다른 걸 생각했어?

국회의원　다른 거라니?

탤런트　연기력이라든가, 세련된 리액션, 제스츄어?

국회의원　의원이 그런 게 뭐 필요 있나.

탤런트　필요 없을 건 또 뭐야. 의원은 사람 아닌가? 연기 안
　　　하고 사는 사람이 어딨어?

국회의원, 양말을 신은 발을 긁는다.

탤런트   뭐해? 더럽게….

국회의원   한국 남자, 군대 현역으로 제대로 다녀왔으면 무좀 걸리는 거 당연한 거지.

탤런트   한국 남자 90%가 무좀 있으면서 (남자들 말투로) '무좀은 더러운 사람이나 걸리는 거야.' 라고 떠들고 다닌대.

국회의원, 웃음이 나오려는 것을 억지로 참는다.

국회의원   정치가 그 짝이군.

탤런트   뭐? … 방금 뭐라고 했어?

국회의원, 못들은 척 무시하고 일어난다.

국회의원   나, 신발 좀.

탤런트   (신발 집어주며) 벌써 가게?

국회의원   거기 재킷도.

탤런트, 시무룩해져서 양복 상의를 집어준다.

국회의원   왜? 돈?

탤런트　나도 잘 벌어.

국회의원　그럼? … 또 (자신의 아랫도리를 가리키며) 그러고 싶어서?

탤런트　그게 나 좋자는 거야? 당신 좋으라고 하는 거지.

국회의원　그럼 우리 꽃사슴은 나, 어디가 좋아서 만나시나?

탤런트　그냥. (국회의원이 갸우뚱하며 쳐다보자) 든든하잖아. 음주
　　　　　　운전도 빼주고….

국회의원　그래, 또 취해서 운전해. 걸리면 또 빼줄게.

탤런트　그러다 사고 나 죽으면?

국회의원　살려주면 되지, 뭐가 걱정이야.

애교부리는 탤런트. 국회의원, 폰으로 전화 건다.

국회의원　(폰에 대고) 차, 지하 2층으로. … 뭐? 몇 시에 끝난데?
　　　　　　(핸드폰 막고서 탤런트에게) 여기가 몇 층이지?

탤런트　그건 왜?

국회의원　아, 글쎄!

탤런트　8층.

국회의원　(폰에 대고) 8층. … 알았어.

국회의원, 폰 끊고 신발을 신은 채 다시 들어온다.

국회의원　니가 먼저 이 방을 나가야겠다.

탤런트　왜? 무슨 일 있어? 이 호텔에 누가 떴대? 쫄은 거야?

국회의원 어허! 못하는 말이 없구만. 질문 그만하고 먼저 가라면 갈 것이지!

탤런트, 기분 잡쳐하며 옷을 챙겨들고 문을 거칠게 닫고 나간다.
이내 다시 들어와 핸드백을 챙겨들고 다시 나간다.
혼자 서 있는 국회의원, 창가로 가서 커튼을 치고, 그 뒤에 숨어서 밖을 살핀다.

8장. 호텔 룸

국회의원, 이곳저곳을 기어 다니며 웃어댄다.

국회의원 ⋯ 요놈, 어디 숨은 게야? 어서 나오지 못해?

지친 국회의원은 바닥에 털썩 눕는다. 숨을 쉴 때마다 배가 오르락내리락 한다.

국회의원 이 할애비 숨이 턱까지 찬다⋯.

소녀가장, 침대 뒤에서 불쑥 얼굴을 내민다.

소녀　　갓 따른 샴페인에 건포도를 하나 넣으면 유리잔 속에
　　　　서 계속 위아래로 오르락내리락 한다는 거, 아세요?

국회의원　그만 하잔 말이야. … 이리 나와.

소녀, 나오지 않는다.

국회의원　샴페인 마셔 본 적 있어?

소녀, 천천히 나온다.

국회의원　샴페인에 건포도 띄워서 마셔 볼래?

소녀　　아니요.

소녀가장, 앞으로 나오자, 국회의원이 허리를 끌어안다시피 하
여 붙잡는다.

국회의원　잡았다!

소녀가장은 장난스럽게 발버둥을 친다.

국회의원　자, 이제 내가 잡았으니 약속을 지켜야지?

소녀가장, 고개를 끄덕이고, 침대에 올라가 앉는다.

국회의원 그전에 이 할애비 선물.

국회의원은 소녀가장에게 '장학금 수여식' 때 찍은 기념사진
액자를 건네준다.
소녀는 사진을 한참 들여다보다가 시무룩하게 내려놓는다.
사진의 내용은 구청 주최주관으로 벌인 '소년소녀가장 장학금
수여식'이다.
침대 위에 쪼그리고 앉아있던 소녀가장은 교복 상의를 벗고
눕는다.

국회의원 왜 그래?

국회의원, 소녀가장의 옆에 앉아 웃옷을 벗기고 소녀의 가슴과
배에 종이를 갖다 댄다.
국회의원은 펜을 들고 종이 위에 무엇인가를 그리기 시작한다.

국회의원 공부는 열심히 하고 있지?
소녀   ….
국회의원 필요한 건 없고?
소녀   … 내가 너무 불쌍해 보여.
국회의원 … 동생들과 할머니도 잘 있지?
소녀   난, 내가 불쌍한 게 싫어요.
국회의원 이젠 안 불쌍해. 날 만났잖아.

소녀　　　할머니는 자꾸 어려져요. 맨날 도리도리 하재.

국회의원　(종이를 들어 올리고) 이제 엎드리자.

소녀가장, 엎드린다.

국회의원은 다시 종이(A4용지)를 소녀의 등에 대고 그 위에 무
엇인가를 그린다.

국회의원　도리도리가 무슨 뜻인 줄 아니?

소녀　　　그 말이 무슨 뜻이 있는 말이에요?

국회의원　한자로 이치 도에 다스릴 리, 이치를 다스린다는 뜻
　　　　　　이란다.

소녀　　　지어낸 거 같다.

국회의원　지어내기는. 도리도리만 알아도 훌륭한 사람 되는
　　　　　　거지. … 다 됐다.

국회의원, 무엇인가를 그린 종이를 벽에 침대 옆 바닥에 놓고,
소녀에게 이불을 덮어준다.

욕실로 들어가는 국회의원.

소녀　　　근데 저게 뭐예요?

씻은 손의 물기를 털며 나오는 국회의원, 소녀 옆에 앉는다.

국회의원 음… 일종의 지도라고 할 수 있지.

소녀 무슨 지도?

국회의원 너에 대한 지도.

소녀 저요?

국회의원 추억 같은 거란다.

소녀 어디 가세요?

국회의원 우리 둘이 이렇게 만나는 게 영원할 수는 없으니까.

소녀 하나만 더 물어봐도 돼요?

국회의원 난 질문 싫다.

소녀 근데 저게 어떻게 추억이 된다는 거죠?

국회의원 이제부터 만들 거니까.

국회의원, 이불 밑으로 손을 넣어 소녀를 더듬기 시작한다.
눈을 지그시 감고 감흥에 겨워하며 소녀의 몸을 더듬는다.
소녀는 천장을 멀뚱멀뚱 쳐다보고 있다.

소녀 장님도 불쌍해요.

국회의원 (눈을 감은 채) 쉿….

국회의원, 이불 밑에서 그의 손이 더욱 분주하게 돌아다닌다.

소녀 의원님은,

국회의원 할아버지라고 부르라니까.

소녀   … 할아버지는 꼭 장님 같애요.

국회의원 조용. 자, 이제 돌아눕자.

소녀가장, 이불 속에서 몸을 돌려 엎드린다.

국회의원 눈을 감고 있어서?

소녀   아니, … 만져서 나를 기억하는 거 같아서요.

국회의원 나이가 들면 눈보다 손끝이 더 기억력이 좋아지지. 어제 일보다는 10년 전 일이 더 잘 기억나는 법이고.

소녀도 무엇인가 느끼기 시작한다.

국회의원, 소녀의 다리가 있는 이불 속으로 상체를 수그리고 들어간다.

소녀, 절정의 쾌감을 느끼는 듯 하지만 소리를 내지는 않는다.

소녀   고마워요. … 전부. … 날 살려줘서… 고마워요.

무대 어두워지면,

소녀, 하늘거리는 얇은 천을 몸에 두르고 하늘을 날 듯, 무대의 벽에 보이지 않게 장치 된 쇠창살을 잡고 벽을 타듯 움직인다.

음악 소리, 점차 고조되어 충분히 분위기가 무르익으면, 소녀는 침대 위로 떨어져 눕는다.

암전.

9장. 공원 벤치

남루한 곤색 양복 차림에 노타이로 천천히 걸어오는 예술가.
초등학생이 들고 다닐 법한 배낭을 한쪽 어깨에 메고 있다. 신
발은 구두 대신 졸렬한 슬리퍼를 맨발로 신었다. 한쪽으로 기
울어진 벤치 옆에 선다. 등을 보이고 선 채로 한동안 하늘을
본다. 이윽고 조용히 어깨를 들먹인다. 어깨의 들먹임이 더욱
거세어진다. 돌아선다. 울고 있던 것이다. 갑작스럽게 입을 크
게 벌리고 또 다시 소리 없이 울부짖는다. 복받치는 울음으로
인상이 구겨지면서 주머니에서 소주병을 꺼낸다. 소주를 병째
마시며 기울어진 벤치 위에 앉다가 미끄러져 바닥에 떨어진다.
그 바람에 더욱 크게 우는 듯. 우는 표정이 커진다. 숨소리나
우는 소리는 들리지 않는다. 작심하는 표정으로 주머니를 뒤져
편지봉투를 꺼내고, 그 안에서 접힌 종이를 꺼낸다. 펼친 종이
위의 글을 읽기 시작한다.

예술가 유서. 내 뜻대로 태어나지는 않았지만 내 의지로 이
세상, 하직한다.

울음이 복받친다. 그 와중에 주머니에서 수정액을 꺼내 문장을
지우고, 다시 쓴다. 그리고 처음부터 다시 읽는다.

예술가   유서. 내 뜻대로 태어날 수 없었지만 뜻한 바 있어
세상과 이별한다.

만족한 듯하다가 소리 없이 더욱 서럽게 운다.
유서를 넣은 봉투를 안주머니에 넣고, 배낭에서 목을 맬 줄을
꺼낸다.
앙상한 나뭇가지에 줄을 묶고, 벤치 위에 올라선다. 매듭지어
진 올가미 안에 얼굴을 넣고, 심호흡을 한다. 아직 자살을 결
심한 상태가 아닌데 벤치가 흔들거려 위태롭다. 팔을 휘저으며
균형을 잡으려 한다. 어떻게든 살려는 것이다.
예술가가 발끝으로 벤치에 올라서서 줄을 잡고 허둥거릴 때,
종이비행기 한 개가 날아온다. 곧이어 서너 개의 종이비행기가
연달아 날아온다. 중심을 못 잡고 허둥거리는 예술가는 갑자기
나타난 종이비행기 때문에 더욱 중심을 잃고 흔들린다.
이때 소녀가장, 뒤쪽에서 걸어와 바닥에 떨어진 종이비행기를
집는다.

예술가   이봐요, 저 좀….

소녀가장, 예술가를 발견한다. 조금도 놀라지 않는다. 이내 주
위를 살피고, 천천히 다가가 예술가의 한쪽 팔을 잡아준다.
균형을 되찾은 예술가는 그제야 올가미에서 얼굴을 빼고 벤치
에서 내려와 바닥에 주저앉는다. 숨을 몰아쉰다.

예술가	나 하나 편하자고 이러는 거 아니다.
소녀	조금 전엔 존댓말 하시더니….
예술가	거짓말도 능력이야.
소녀	거짓말이 아니라 존댓말이라고 했는데….
예술가	존댓말이 거짓말이야.
소녀	말도 안 돼.

예술가, 소리 없이 운다.

예술가	모든 게 없는 살림에 한약을 잘못 먹은 탓이야. 무랑 하수오라는 약재는 함께 먹는 게 아닌데, 그때부터 수염도 안 나고, 머리도 하얗게 세고,
소녀	흰머리 없는데요?
예술가	염색했지. … 거세를 당한 것도 아닌데, (소리친다) 내 가 내시야? (더욱 인상이 구겨지다가 더욱 큰 소리로) 무슨 내시가 애인을 임신 시켜요!

예술가, 다시 벤치 위에 올라서서 아까와는 다른 나뭇가지에
줄을 묶고 올가미에 얼굴을 넣는다.

예술가	없는 집 자식으로 태어나 넥타이 한 번 못 매본 못난 놈. 미련 없이 간다는 거다!

예술가, 들고 있던 유서를 펼쳐 읽는다.

예술가   세상과 이별한다. 나 떠나가는 그곳, 어딘지는 알 수
          없지만, 다시는 돌아올 수 없는 그곳으로 떠나리라.
          그대들이여, 안녕히… 피에스, 삼성카드 채권팀 오대
          리님, 현대카드 최주임님, 하루가 멀다 하고 주신 당
          신들의 전화가 내게는 또 다른 삶의 의지였건만. 이
          렇게 저버리게 되어 미안합니다.

          유서를 주머니에 넣고, 딛고 서 있던 벤치에서 뛰어내린다.
          그러나 나뭇가지가 휘면서 아무 일 없이 땅에 내려선다.
          나뭇가지를 보고 성질이 나서 올가미를 벗어 땅바닥에 팽개치
          고 짓밟는다.

예술가   내 마음대로 되는 건 하나도 없어.

          사이.

소녀   아저씨는 뭐하는 사람이에요?
예술가   (진정하며) 시를 써. … 연극도 하고….
소녀   애인이 있었어요?
예술가   아니.
소녀   아까는,

예술가   내가 존댓말을 썼잖아. 존댓말은 거짓말이라니까. ⋯
애인 없는 게 팩트야.

소녀   왜 없어요?

예술가   모르겠어.

소녀   왜 몰라? 난 딱 보니까 알겠는데⋯.

예술가, 불편한 심기로 벤치에 앉으려다 미끄러진다.
소리 없이 입을 크게 벌리며 우는 예술가.

소녀   어떤 시를 썼어요? 듣고 싶어.

예술가, 주머니에서 다른 종이를 꺼낸다. 천천히 읽는다.

예술가   너는 물, 너는 설탕, 너는 담배, 너는 카페인, 너는 독
주, 너는 치통, 너는 눈물, 너는 비명, 너는 잠, ⋯ 깊
은 잠, 너는 진통제, 너는, 너는, ⋯ 너는 죽음.

사이.

소녀   아저씨⋯ 슬퍼요? ⋯ 내가 위로해 줄까요?

예술가의 허벅지 위에 놓인 배낭 뒤로 예술가의 성기를 만져
주는 소녀.

64

소녀   다른 사람들은 나더러 불쌍하다는데, 난 아저씨가 불쌍해요.

예술가   불쌍한 게 아니라 불행한 거야. … 약속 때문에, 약속 시간보다 일찍 도착하면 날 초조해 하는 사람으로 봐. 늦게 가면 게으른 사람이 되고… 정확히 시간 맞춰 가면 지나치게 빈틈이 없어 싫대.

소녀   안 나가면?

예술가   안 나가 본 적은 없어. (소녀의 손을 가리키며) 그런데 이런 건 누구한테 배웠어?

소녀   어떻게 하다 보니까 알게 됐어요.

예술가   할까?

소녀   그냥 좀 있어보다가 하게 되면 해요.

예술가   죽을 거 같애.

소녀   죽으려고 했잖아요.

예술가   아무 것도 없었으니까. 욕망도, 잃을 것도, ….

소녀   사진 한 장도?

대답 없는 예술가. 소녀가장은 좀 전에 주운 종이비행기를 내민다.

소녀   가질래요?

예술가, 종이비행기를 받는다.

소녀   그거, 오늘을 추억하는 기념품이에요.

소녀는 일어나서 교복치마 밑으로 속옷을 벗는다. 예술가 무릎
에 앉아, 천천히 엉덩이를 들썩인다.
암전.

10장. 賣春街

1장과 같은 장소, 그러나 업소 내부가 객석을 향해 있고, 거리
가 무대 뒤쪽에 배치되어 있는 것이 다르다.
무대 밝아지면, 전 장의 소녀, 1장의 창부와 똑같은 옷을 꺼내
입으며 말한다.

창부   앞으로 이 시간에 오면 안돼. … 요즘 단속도 심하고,
매상 못 올린다고 주인 이모 울대에 핏줄 섰어.

예술가 그럼 언제 와?

창부   일요일 아침.

예술가 … 앞으로 못 와.

예술가, 옷을 입는다.
예술가, 배낭에서 종이비행기를 꺼내 소녀가장 출신의 창부에
게 내민다.

창부, 예술가를 쳐다본다.

예술가   너, 가지라고.

창부   우리 만난 거 기념하라고 준 걸, 왜 나한테 도로 줘?

예술가   기념은 살아있는 사람이 하는 거야.

창부   지금 아저씨가 죽은 사람이야?

예술가   죽을 거야.

창부   라면 끓일게.

예술가   배 안 고프다며?

창부   고프진 않은데, 입이 심심해.

창부, 라면 물을 냄비에 받아 가스레인지에 올린다.

예술가   고파지면 먹어. 맨날 심심하다고 군것질하듯 배 채우지 말고.

창부   남 걱정 말고 죽을 생각이나 하지 마. 그거 알아? 하루 평균 12명의 신생아가 부모가 바뀐대.

예술가   … 그런 건 어디서 그렇게 주워들어?

창부   그리고 모기약은 모기를 쫓는 게 아니라 사람을 숨겨주는 거래. 모기약 스프레이는 모기 눈을 멀게 해서 사람이 어디 있는지 못 찾게 하는 거래.

예술가   진통제는 뭐랬지?

창부   뭐였더라… 아! 통증을 죽이는 거. 통증을 죽여서 우리를 살리는 거.

창부, 깔깔 웃으며 라면봉지를 뜯는다.

창부　난 이런 게 재미나. 심각하지 않으면서 알게 되는 새로운 것들.

예술가　아무 짝에도 쓸모없는 마술의 비밀처럼?

창부　재미는 있잖아.

예술가　나는 왜 좋아?

창부　(웃는) 내가 언제 아저씨 좋다고 했어?

예술가　….

창부　굳이 말하라면, 사진도 한 장 없다는 게 마음에 들었어.

예술가　난 먼지야.

창부　(웃는) 나도.

사이.

예술가　아프지 말고….

창부　우리 몸도 거짓말 잘해. 안 아픈 데 아픈 거 같고, 배 안고픈 데 고픈 거 같고.

사이.

예술가   잘 지내.

　　　　예술가, 격해진 감정 상태로 뛰쳐나와 거리 저 편으로 사라
　　　　진다.

창부   아저씨! 아저씨! 라면 먹고 가!

　　　　창부, 나무젓가락을 든 채 나온다.

창부   (소리친다) 이걸 어떻게 혼자 다 먹어? (새시 문 밖을 두
　　　　리번거리며) 라면 안 먹을 거야? 진짜 안 먹을 거냐구!
　　　　(포기하고) 금방 어디로 사라진 거야?

　　　　대학생, 등장.
　　　　창부는 대학생을 발견하고도 호객행위를 하지 않는다.
　　　　새시 문을 사이에 두고 눈이 마주치자 창부는 시큰둥하며
　　　　들어가려고 한다.

대학생   저기!
창부   왜?
대학생   나 몰라?
창부   알아.
대학생   … 추억은 욕망, 욕망은 생존.

창부   (웃는다) 살려줘?

대학생   오늘은 그냥 얼굴만 보고 가려구….

창부   미친 놈.

창부, 들어가려는데, 대학생, 주머니에서 무엇인가를 꺼낸다.

대학생   미래야.

창부   그게 뭐야?

대학생, 창부에게 진통제를 준다.

대학생   선물이야. … 머리 아프다며.

창부, 약병을 열고 진통제를 손바닥에 한 움큼 쏟아낸다. 무표
정한 얼굴로 진통제를 쳐다본다.
서서히 어두워지는 무대.
우두커니 서 있던 창부.
앞에 서 있는 대학생을 쳐다본다.
잠시 후 들고 있던 나무젓가락으로 대학생의 목을 찌른다.
대학생, 목에서 피가 철철 흐른다. 공포와 분노로 창부를 쳐다
본다.

대학생   왜? 갑자기 왜?

사이.

창부　이렇게 계속 살아라? 통증 따위 진통제로 죽이고 난,
　　　　난, ….

대학생　난 약까지 챙겨다줬는데, 왜 나한테?

사이.

창부　니가, … 내 고통이니까.

막.

한국 희곡 명작선 172
페인 킬러(Pain Killer)

초판 1쇄 인쇄일   2024년 10월 16일
초판 1쇄 발행일   2024년 10월 25일

지 은 이   위기훈
만 든 이   이정옥
만 든 곳   평민사
　　　　　서울시 은평구 수색로 340 〈202호〉
　　　　　전화 : 02) 375-8571 / 팩스 : 02) 375-8573
　　　　　http://blog.naver.com/pyung1976
　　　　　이메일   pyung1976@naver.com
등록번호   25100-2015-000102호
ISBN   978-89-7115-857-9 04800
　　　　　978-89-7115-663-6 (set)
정 　 가   8,500원

· 잘못 만들어진 책은 바꾸어 드립니다.
· 이 책은 신저작권법에 의해 보호받는 저작물입니다.
　저자의 서면동의가 없이는 그 내용을 전체 또는 부분적으로 어떤 수단 · 방법으로나
　복제 및 전산 장치에 입력, 유포할 수 없습니다.

이 책은 사단법인 한국극작가협회가 한국문화예술위원회의
2024년 제7차 대한민국 극작엑스포 지원금을 받아 출간하였습니다.